지금 남은 자들의 골짜기엔

지금 남은 자들의 골짜기엔

고진하 시집

●

민음의 시 30

민음사

自序

푸르른 폐허의 날들.
빈 들의 황량함과 텅 비어 있음의 충만(!)을
동시에 몸 겪으며 살아온,
어쩌면 참으로 모순된 길 위에 내 삶과
시의 발자국은 흩어져 있네. 돌아보고 싶지 않은……
벗이여, 이제 다시 나는
빈 두레박을 들고 샘을 찾는 심정으로,
홀가분히, 저 먼 길을 떠나려 한다!
속속들이 그분의 삶이 시인 내 어머니와 모든 길벗들에게
이 작은 시집을 바친다.

1990년 3월 홍천 동막골에서
고진하

차례

1

빈 들

늦가을 바람에

마른 수숫대만 서걱이는 빈 들입니다

희망이 없는 빈 들입니다

사람이 없는 빈 들입니다

내일이 없는 빈 들입니다

아니, 그런데

당신은 누구입니까

아무도 들려 하지 않는 빈 들

빈 들을 가득 채우고 있는 당신은

달맞이꽃

빈집과 빈집 사이의 괴괴한 허공 가르며
둥근 보름달이
솟아오르는 가을 초저녁
죽을 둥 살 둥 애오라지 일밖에 모르는
대골 똥고집 노인 힘에 겨운 꼴짐 지고
봉충다리 절며 걸어가는
외딴 산모롱이 풀숲길엔
달빛 이슬에 젖어 함초롬히 피어난
노란 달맞이꽃들이, 비칠비칠, 꾸부정한 그림자를 쫓아
동행하고 있었다

폐가

휘영청 밝은 달빛 쏟아지는
솔고개 마루턱
폐가 한 채
반쯤 내려앉은 썩은새 지붕 위엔
올망졸망
쫓겨난 흥부네 새끼들 같은
탐스런 조롱박들이 뒹굴고 있었다

연자매

한가로이 흐르는
한 무리의 양떼구름을 태워 버릴 듯
핑핑 돌아가는 태양의 붉은 점 하나 정오를 가리키고

뜨거운 지열을 내뿜는
보리울 남궁씨네 도라지 밭
늙은 아낙 혼자 꼼짝 않고 앉아
호미질을 하고 있다

언뜻 보면 좌선을 하고 있는 형상이다
먹이를 노리는 잔뜩 독 오른 뱀이
똬리를 틀고 있는 형상 같기도 하다

그러나 쉴 새 없이 찍어 올리는 호미 날에 반사되어
날름거리는 태양의 붉은 혓바닥
튀어 오르는 시간의 흙 조각들을
뚝뚝 흘러내리는 굵은 땀방울로 다독이며

하얗게 피어난
도라지 꽃과 꽃들 사이를 헤쳐 나가는

늙은 아낙의 그늘 한 점 없는 등 뒤엔

무성하게 우거진 잡초 덤불 속
모로 쓰러져 누워 있는
이끼 낀 연자매 한 짝.

지금 남은 자들의 골짜기엔

지금 남은 자들의 골짜기엔 깨진 항아리 조각 같은
달이
터진 상처에서 비쳐 나오는
붉게 엉킨 피를 물고 지상에 이별을 고하고 있다 짧은
이별 뒤엔 곧 칠통 속 어둠이
뚜껑을 열어
검은 새들을 풀풀 날리고, 한밤 내
검은 새들이 텅 빈 골짜기를 배회하며
목젖 없는 아이가 질러 대는 시끄러운 소리처럼
알아들을 수 없는 지저귐을 토해 낸다 왜 새들은
이 밤 칠통 속 둥지로 돌아와
주둥이를 박고 잠들지 못하는 것일까
삐끔히 열린 밤의 들창에서 새어 나오는
역시 알아들을 수 없는 누군가의 고통스런 지저귐, 혹
은 누군가
거칠게 코 고는 소리 어쩌면 지금
악몽으로 뒤척이는 그들은
긴 코를 땅에 박은 비행류*가 되어
꿈마저 저당 잡힌 꿈길 위에 무서운 절망의 외발자국을
찍고 있는지도 모른다 골짜기 도처

악취 풍기는 폐수와 썩지 않는 쓰레기 더미 위로
무성하게 피어난 인공 독버섯 뒤덮인 땅에
식식거리는 두 마리 황소를 앞세워
분노의 쟁기질을 하고 있는지도 모른다 아니,
아니다 그들은 지금
품 안으로 날아드는 검은 새들과 함께
쑥 넝쿨만 우거진 조상들의 무덤 속 죽음의 자력(磁力)
에 이끌려
숯처럼 깨끗한 죽음을 연습하고 있을 것이다.

아니, 사실 나는 모른다 지금 남은 자들의 골짜기에
무슨 일이 벌어지고 있는지……

* 鼻行類, 네 다리가 퇴화하여 코로 보행을 하며 살아가는 희귀동물류.

늙은 농부들

호미 날에 등가죽을 찍혀 뙤약볕 아래
파헤쳐진 두더지처럼
구슬땀과 흙먼지를 잔뜩 뒤집어쓰고 빨리
해 떨어지기만 기다린다 그러나 해종일
폭염에 흐물흐물 녹아내리던 살점
텅 빈 뼛속까지 파고드는 이 허망을
문둥이처럼 견디며 사느니
차라리 밭고랑에 길게 누운 그림자와
아예 붙어 버릴까, 망령처럼 되뇌이면서도
머리맡에 딱 붙어 앉아 임종을
지켜봐 줄 이 없는 밤은 아직 두렵기만 하다
두렵기만 하다
불임의 곡신(谷神)들 숨죽여 우는
휘휘한 빈집으로
모래 버석이는 신발을 끌며 돌아가는 것은
저당 잡힌 꿈속 희멀건 자식들의
초롱초롱한 눈동자와 마주치는 것은

낮

청청한 새소리 품어 시원함을 더해 주는
여름 밤나무 숲 속
동네 아낙네들의 빨래 방망이질 소리와
낭랑한 웃음소리가
반짝이며 흐르는 듯한 개울가에서
웬 낯선 새우젓 장수 사내와
닭 한 마리를 뜯어 놓고 소주잔을
주거니 받거니
대낮부터 거나하게 취한
뜨내기 최가는
만만한 동네 아낙네들 붙잡고 시비 걸어도
아무도 대거리 해 주지 않자
자기 집 헛간에 매 놓고 기르는
누렁이 두 마리를
망나니 칼춤 추듯 몽둥이를 휘두르며
죽어라
죽어라고 두들겨 패고 있었다

낮달

무성한 풀잎을 베고 시퍼렇게 풀물 든 손등을 찍은
낫 한 자루,
뾰족한 유리봉 산마루에 기우뚱하니 걸려 있다

하현달,
찍힌 손등의 피 머금어 더욱 불그레해진 달,
무작정 떠날 수도 머물 수도 없는
저주 받은 땅 한 뙈기 부둥켜안고 울다 지친 충혈된 눈빛!

차마 퀭한 그 눈빛 못 보겠는 듯
귀면(鬼面)의 시커먼 구름 한 덩이 갑자기 밀려와 낫
한 자루를 삼킨다
그러나,

물 한 방울 흘리지 않고 피 한 방울 떨구지 않고

유리봉 늙은 소나무에 기이하게 목매 죽은
흰 두루미의 형상조차 까맣게 까맣게 지워 버린
칠흑의 하늘

티끌의 노래

내 창가엔
새로 피어난 잔별들 싣고 가는 살여울 물소리
급하고 빠르게 들려오지만

흐르는 물을 싣고도
돌돌돌 구르지 못하는 낡은 물레방아인 양
꿈이 정지된 사람들,

만신창이가 된 생을
장작단처럼 다발지어 굽은 등에 지고
귀가하는 허기진 발자국 소리도 들린다

부서지면 한줌의 모래이며
티끌일 뿐인 것을……

아마도 불을 삼킨 취한의 혀에서 풀어짐 직한
귀에 익은 노랫가락이
살여울 물소리에 섞이며 아련히 멀어지고

마침내 어둠의 물결에

모래 탑처럼 허물어져 가는 형상들이
창가에 기대선 내 시간의 저울대 위에 쌓인다

쥐코밥상

홀로 되어
자식 같은 천둥지기 논 몇 다랭이
부쳐 먹고 사는 홍천댁

저녁 이슥토록
비바람에 날린 못자리의 비닐
씌워 주고 돌아와

식은 밥 한 덩이
산나물 무침 한 접시
쥐코밥상에 올려놓고

먼저 감사의 기도를 올린다
흙물 든 두 손 비비며.

농부 하느님

—내 아버지는 농부이시다(요한복음 15:1)

구렁이 담 넘어간다고 했던가
고운 비단옷을 보여준
그것들의 간악함에 속고 또 속아
남루한 옷자락 펄럭이며
살아온 미욱한 세월,

그러나 아무도 원망치 않는다

저주는 이미 하늘에 닿아 있고
가시덤불과 엉겅퀴만 토해 내는
땅도 입을 벌려 소리치고 있으니……

백발의 영화라면
저승의 양로원에서나 누릴 것이라며

활처럼 굽은 등에
새파랗게 자란 못짐을 지고
좁은 논두렁을 아슬아슬하게 걸어가시는
당신

부활하는 소

이런 얘기하면 웃겠지만
웃을테면 웃으라죠
킥킥대며 비웃어도 좋아요

금년 사월 어느날이었어요
일요일이라 공동 예배를 다녀오니
글쎄 우리 집 소가
아침에 쒀 주고 간
쇠죽을 먹지 않고 누워 있었어요
설악장으로 쟁기를 고치러 간 영감은 아직 돌아오지 않고
내일은 널미재 중턱에 있는 논을 갈기로 했는데
누워 있는 소 코뚜레 밑을 자세히 살펴보니
허연 거품을 죽죽 흘리고
아마도 단단히 탈난 게 분명했어요
설악에 가면 수의원이 있단 말은 들은 적이 있지만
터무니없이 돈 받아 먹는다 하니
봄철 양식 팔아 쇠병 고칠 수는 없는 노릇이요
에라! 이놈도
우리 하느님 지으신 생명인데
우리 집 큰 일 도맡아 하는 한식군데

전지전능한 하느님께 기도하면
우리 하느님 쇠병 따위 못 고치실까 싶어
가만히 다가가서 누워 있는 소의 두 뿔을 잡았지요
뿔을 잡아도
소는 그냥 얌전히 누워 있었어요
그래서 간절히 기도했죠 생명의 근원이신
하느님!
우리 농사 큰 일꾼인 이 순하고 착한 생명
어여뻐 어여뻐 여기셔서
병 낫게 해 달라고
죽 잘 먹고 내일 쟁기 끌게 해 달라고
떼를 쓰듯 간곡히 기도했죠
아 그런데 참 희한한 일이죠
바로 그날 저녁 때
퍼드러져 누웠던 소가 벌떡 일어나더니
여물통의 식은 죽을 퍽퍽 먹더라구요
물론 그 이튿날 널미재 논도 거뜬히 갈아 치우구요
정말 정말 감사했어요
사람들이 우습게 여기는 짐승의 생명조차
돌보시는 하느님의 은혜!

그 후론 풀 한 포기 벌레 한 마리도
하느님이 돌보심을 믿게 됐지요

역시 웃으시는군요
하긴 우리 교회 목사님도
처음엔 날 이상한 눈으로 보시더라구요
허허…… 웃으시면서 말이죠
웃을테면 웃으라죠

흙 한 줌 보태려

쟁기를 놓고 논두렁에 쓰러져
그날로 읍내 병원에 입원한 아버지는
퉁퉁 부어오른 몸뚱아리에
한 방울씩 흘러드는 링거로 연명하시다
누가 화살을 쏘아 댄 것도 아닐텐데
푸르뎅뎅 살 맞은 과녁판처럼 터진 온몸의 상처
할딱이는 긴 명줄 기어이 아버지는 들것에 실려
산 송장으로 돌아오셨습니다 아버지의 땅에
흙 한줌 보태려

시신과의 하룻밤

혼자만 아는 고통의 불덩이 삼킨 뒤
노인의 백태 긴 눈동자 속 마지막 인광(燐光)도 꺼져
버렸다

하현달 눈꺼풀 쓸어내린 검은 구름
열린 삽짝문에 와 기웃거릴 때
지아비 시신 곁에 누운 지어미는
모여드는 낯선 날벌레들 쫓으며
그토록 지아비 사랑했던 불면의 일곱 별 기둥 삼아
혼자만 아는 꿈의 띳집 지었다
허물고 지었다 허물고……

문득 어디서 먼동이 터오며
잠 깬 초록 골짜기에 울리는 낮은 조종(弔鐘) 소리

불면의 여름

검은 왕골 밭 너머 하늘엔 가끔씩 마른 번개가 쏟아졌다
하루 늦게 건네받는 석간(夕刊)을 펼쳐 들면
잡목 숲처럼 엉킨 내 머릿속에는 한순간도 감당할 수
없는 사건들이
붉은 산사태되어 밀려들고
밤마다 쑥불을 지피고 동숙자(同宿者)와 함께 누워
틀어 올린 사랑의 둥지는 사흘이 멀다하고 소나기에 젖어
허물어지곤 했다 창유리를 사이하고도 창 밖의 빗소리를
잘 듣지 못하는 이롱증(耳聾症)의 내 귀에는
떠난 자들을 애타게 부르는 남은 자들의 목쉰 울부짖음이
사무쳐 들려오고 잔뜩 먼지 낀 거울 속엔
실종된 누이의 주근깨 얼굴이,
주근깨 얼굴에 겹친 늙은 어미의 체념한 얼굴이
벌건 양철 추녀에 걸린 거미줄인 양 일렁였다
닫힌 삽짝만 열면 펼쳐지던 초록 골짜기
찰랑찰랑 흐르는 물에 물땅땅이처럼 눕기만 하면
곡신일가(谷神一家)의 식객은 될 수 있었지만
허허로운 빈집의 삐걱이는 들창,
마른 번개와 함께 우르르 무너져 내리는 하늘을 지켜보는
형형히 불타는 눈동자는 될 수

없었다 이젠 그 무슨 이정표 노릇도 못하는

외눈박이 목장승, 썩어 나자빠진 나뭇등걸에 불과한 목
장승이

누워 있는 동구 밖 저녁 어스름 속으로

비에 젖은 개의 몰골로 총총히 귀로에 접어드는

흙빛 아낙네들의 골병 든 눈빛 같은

희끄무레한 별빛들이 서성이기 시작할 때

나는 오오랜 습관의 면벽, 그 잘난 견성(見性)에 집착
해 온

이글이글한 눈의 불꽃을 벌레 잡듯 눌러 껐다

짧은 한여름밤의 숙면을 위해

애기똥풀

싸리나무처럼 삐삐 마른 종아리를 부딪치며
뜀박질하는
산골 분교 아이들의 즐거운 운동회 날
시원한 느티나무 그늘 아래
학부형입네 모여든
홍당무가 되도록 취한 젊은 건달패의 싸움질에
운동장 한구석
파란 모가지를 짓밟힌 애기똥풀들이
끽 소리도 못 지르고
노란 눈물방울만 떨구고 있었다

땅꾼

바람 부는 날
사선(蛇線)을 그리며 물결치는
사래 긴 밭두렁에 덮인 검은 비닐을 보노라면
늙은 땅꾼의 까무잡잡한 얼굴이
떠오른다, 긴 자루 속에서 꿈틀
꿈틀거리는 뱀을
굽은 등에 걸치고 산비탈을 구으르듯 내려오던

뿌리 뽑힌 사람들 남루한 껍질만 남기고 떠나 버린
골짜기, 추수 끝난
황량한 들판에서 주르르 벗겨 낸 검은 비닐들이
지글지글 불타오르는 광경을 보노라면
붉은 혓바닥 날름대는
산 뱀의 가죽을 하얗게 벗겨 내어
모닥불에 구워 먹기도 하던
늙은 땅꾼의 대취한 얼굴이
검은 불길 속에 어른거린다
애옥살이 하는 들병이처럼 막막한 생계를
뱀 잡는 일 하나로 꾸려 가던

누워 있는 마을

마음으론 하루에도 열두 번씩 짐을 꾸렸다
아무도 황혼 속에 모인 검은 굴뚝새들의 짧은 입맞춤을
눈여겨보지 않았고
정녕 만남보다 이별이 쉬웠다

무서리 내린 늦가을 아침 채마밭 휘늘어진 무청처럼
누워 있는 마을, 이미
오랫동안 마음 속에 싸 둔 짐 보따리를 이삿짐 차에 부
려 놓고
퉁퉁 부어오른 벌건 눈두덩을
더러운 손수건으로 가리는 언 손들이 보였다
(가면, 이제는 다시 오지 말그라! 야속한 말이다만……)
어느덧 주인을 떠나보낸 황구 한 마리가 굵은 철사에
목을 감기워
찍, 소리도 못하고 어디론가 끌려가고
분교 앞 새로 깐 자갈들이 반짝거리는 이른 등굣길
갑자기 길 위에 폭 꼬꾸라지며
입 안에서 징그럽게 꿈틀대는 긴 거위를 토해 낸
창백한 낯빛의 계집애를 둘러싼 또래 아이들의
깔깔거리는 웃음소리가

가로수 아래 넝마 쪼가리로 수북히 쌓이고 있었다

붉은 열매들을 모두 땅에 쏟아 버린
빈 산 빈 들 빈 나뭇가지마다 하얀 비닐 꽃 피어 번들
거리고
불 꺼진 화덕 같은 마음들
하루에도 열두 번씩 짐을 꾸리지만
이별은 끝내 내 몫의 고통을 껴안고 돌아서게 하지만

검은 새

울 밑의 해바라기 한 그루 관절을 앓는지 허리를 꺾고
길 위에 넘어져 있다 하얀 여름 햇살이 깔린
길바닥에
한 움큼 쏟아져 있는 금빛 꽃가루,
너울너울 나비들이 춤추는 어느 먼 피안을
떠올려 준다 다시는
슬픔도,
고통도,
죽음도 없다는 저 묵시록의 드맑은 하늘을

그러나
푸른 그림자를 늘어뜨리고 선 해바라기 울 안엔
거미줄에 싸인
굴왕신 같은 폐가,
(여기가 그가 살았던 집이라니!)
다정한 그의 손길이 닿고 눈길이 스쳤을
낯익었던 것들이
부서지고, 깨어지고, 녹슬고, 바스라져
낯선 도깨비굴이 되어 있다 낯 두꺼운
벽창호의 세상,

세상을 저주하며 죽은 그의 일그러진 형상이
깨진 농약 병 쪼가리로
마당 가득 우거진 잡초 속을 뒹굴고
너무도 일찍 천진난만한 두 눈을
뽑혀 버린, 어쩌면 지금 사팔뜨기 의안(義眼)을 치켜뜨고
증오의 생을 살며 떠돌고 있을
고만고만한 그의 자식들의 얼굴이, 앙상한
수수깡 몸매가 드러난 흙벽과
빨갛게 삭아 내리는 양철 지붕을 떠받치고 있는
뒤틀린 기둥과 기둥 사이에서
검댕에 덮인 둥지와 이름 모를 넋의 검은 새들이 되
어……

파닥거리고 있다 짧은 날개를 황혼이 밀려드는 해바라
기 울에 걸치고
빛 없는 골짜기 어둠의 피안을 떠나지 못한 채

푸른 멍

빈 들을 지켜 선 아버지의 마음은 도리깨질 마당

검게 탄 잔등엔 보리 깔끄러기가 따갑게 박히고

앙상한 갈비뼈 위론 온통 푸른 멍이 푸들푸들 돋아 있다

석양의 수수밭에서

붉은 열매들이 소리 없이 스러지는 들녘,
남은 수수 이삭들을 훑어 가는 약탈자들을 쫓는
늙은 아비의 목쉰 음성이,
지는 해의 붉은 날개에 부딪쳐 우수수 흩어진다

아들아, 여기가 네가 견뎌야 할 빈 들이란다……
서서히 사그라드는 숯불을 머리에 인 외딴 마을을 지
나며
문득 피할 수 없는 고통의 불덩이 하나가
시뻘건 부적처럼 내 가슴에 옮겨 와 붙는다

저물녘
되짚어 가는 거뭇거뭇한 산모롱이에서 만난,
텅 빈 수숫대로 서걱이는 아비의 목쉰 음성이
머나먼 서천(西天) 깜박이는 개밥바라기 별로 떠오르고

또 한 겨울을 개들과 함께

또 한 겨울을 살아 넘긴,
희끗희끗한 잔설로 이 골짜기에 남은 사람들은
꽃 피고 잎 피는, 혹은 잎 피고 꽃 피는
봄을 결코 탐하지 않는다
꽃 피고 잎 필 소망을 모두 버렸기 때문이다

겨우내 개 사육장으로 변해 버린 골짜기,
이제 이 골짜기의 사람들은
아무도 빛바랜 사진첩의 추억을 들추지 않는다
향불처럼 피어오르는 즐거운 추억에도 엉겅퀴가 돋고
잔설 위를 천방지축으로 쏘다니며 컹컹컹 ──
짖어 대는 개들의 입에도 거친 억새가 돋아나기 때문이다

아니, 아직 끝나지 않은 또 한 겨울을 동백과 함께
개들과 함께
살아야 할 이 골짜기의 사람들은
텅 빈 구유와 모든 기억의 헛간마다 죽음보다 싸늘한
얼음을 채우고
빙하의 나라 꽃상여처럼
눈꽃으로 단장한 하얀 눈썰매를,

눈썰매를 만들리라

꽝꽝 얼어붙은 지층을 뒤흔들며 검은 개들이 끌고 달리
는······

2

족쇄

이슥한 밤마다 도래솔* 주위를 서성이는
몽유병 환자처럼
어찌어찌, 목마름으로 맴도는 나날이다
머리칼 잘리우고
멀쩡한 두 눈알 뽑히면서도
한없이 굴리며 가야 하는 생의 바퀴살에 끼어드는
꿈의 실체를 밝히려 꿈 일기를 쓴다는 친구는
꿈 따로,
생시 따로 없더라, 고
나즉한 음성의 사연을 건네 왔지만
아무리 해도 해독할 길 없는 저 붉은 두루마리 노을
서켠 하늘에 기웃거리는
이른 저녁의 거지 별 하나 굽은 등에 지고
귀갓길 서두르는
늙은 농부의 절룩이는 뒷모습, 문득
헐벗은 들길마저 지워 버린 어둠이
내 발목에 차거운 족쇄를 채운다

* 무덤가에 둘러선 소나무.

없는 손가락 두 개

초록빛 무성하게 출렁이는 유월이 오면 당숙은
지금은 없는,
없는 손가락 두 개가 자꾸 어른거린다고.

징집 명령을 받고
점점 가까이 울려오는 따발총 소리 들으며
당신 손으로
시퍼런 작두날에 싹둑 자르던,
뒤뜰 장독대 옆을
눈물 핏물로 흥건히 적시며
껑충껑충 살아서 뛰던
검지와 장지,
없는 손가락 두 개가 자꾸 어른거린다고.

당숙은 요즘도 태백산 준령을 타고
오르내리는 날카로운 팬텀기의 굉음이나
가끔씩 웃말 너머 예비군 사격장에서
울려오는 총소리가 귓전을 스칠 때면
——날 소생시켜다오!
——날 소생시켜다오!

울부짖는
오른쪽 손가락 두 개의 생생한 외침을 듣는다고.

사마귀

푸른 들판을 배경으로 깔고 있는 성스런 신전
치렁치렁 긴 베일을 늘어뜨린
무당이나 사제처럼
연한 녹색의 얇은 명주와 같은 날개를 펼쳐 들고
기도하듯 하늘을 향해
다소곳이 앞발을 모아 곧추세우고 있는 그녀는
무얼 하고 있는 것일까

염주 알을 굴리고 있는 것일까
아니다, 염주 알을 굴리듯
상하좌우로 빠르게 움직이는 것은
살의를 감춘 두 눈알,
오늘의 제물은 메뚜기 두 마리와
십자왕거미 한 마리, 또는
형형색색의 나비 몇 마리쯤이 될지도 모르겠다

문득 제단 앞에 꿇어 엎딘
경건한 수도자의 기도하던 모습은 사라지고
날치를 잡는 작살처럼 날랜,
혹은 거대한 원목을 끌어당겨 썹어 버리는 원형의

톱 같은 두 개의 톱니발 사이에
꽉 끼워진 제물들은 톱밥처럼 부서져
그녀의 주린 배를 채우기 위한 성찬으로 올려진다
그녀의 신성은 먹이를 얻기 위한
덫, 신성불가침의
불칼을 두른 저 울타리 속에서는
무슨 짓을 해도 다 용납될 수 있는 것일까

같은 알주머니에서 나와
같이 살아온 동족마저 살해하고
하늘의 별처럼
바닷가의 모래알처럼
무수히 바글대는 흉물스런 새끼들이 담긴 알주머니를
토해 놓는 생산의 여신,
괴이한 마성,
삐딱하게 보는 것이 익숙한 사팔뜨기들에게
일명 기도버마재비*라고도 불리어지는

* 라틴 어 학명으로 기도버마재비라는 의미이며 사마귀과에 속한 곤충
이다.

얼룩무늬 상처가 꽃피는 길을

……싸매 줄 붕대가 없었다, 내 몸의 상처가 깊었으므로. 아무런 기적도 베풀 능(能)이 없었다, 빵을 태워 돌은 만들 수 있을지언정 돌로 빵을 빚어 낼 수는 없었으므로. 아니, 그런데 그대는 도대체 누구인가…… 맹렬한 불의 혀를 내둘러 수백, 수천의 상심한 영혼들을 아편꽃보다 달콤한 황홀경 속에 몰아넣고, 포만 속의 불만의 재를 쓰고 부재(不在)의 나락에 떨어져 탄식하는 이들의 주린 배를, 아아 그리도 단숨에 채워 줄 수 있다니. 게다가 금화처럼 빛나는 얼굴로 물보다 진한 핏물 뚝뚝 흐르는 십자가를 한 손에 거머쥐고 우람한 대리석 기둥 사이를 거니는……

하여, 오늘도 내일도 모레도, 눈부신 기적이 판치는 이 붉덩물을 피라미처럼 거슬러, 오 그대를 거슬러, 나의 길을, 얼룩무늬 상처가 꽃피는 길을……

단식

공복의 하늘에 하얀 별 무리 뜨기 시작하던
그날은 아마도 나흘째, 우리들 중의
몇몇이 마른 나뭇등걸처럼 쓰러졌다
괴괴한 침묵만 고인 낭하의 벽 한쪽에는
선혈 흐르는 손가락들이
붉은 쇠못이 되어 박히고
물만 삼킨, 헛물만 삼킨 목구멍을 타고
가늘게 흘러 나오는
저 · 들에 · 푸르른 · 솔잎 · 솔잎……들이
더 이상 보이지 않고
곧바로 텅 빈 위와 창자 속으로 흘러들어
버석거렸다 찢어진 북소리처럼
허공을 가르다 부메랑이 되어 돌아오는
그는 · 인간이 · 아니다 · 야수다 · 야수……
무서운 이빨을 번뜩이는 새파란 면도날들이
우리의 마른 입술과 잇몸 가득히 박혀 왔다
인간의 얼굴을 한 성스런 초상 뒤
음흉한 모의가 밤새 다시 진행되고
또 쓰러진 팔뚝들이 바늘 아래 떨고 있는 동안
문득 눈앞에 삼삼해지는 하얀 빵덩이

빵덩이보다 슬픈 밤하늘의 별 무리로 떠오르는
뜨겁게 충혈된 눈망울들 속엔
살비아 꽃 으깨어진 붉은 기도의 눈물이 송송 솟구쳤다
아, 그래 그래, 우리가 바로
이 불모의 땅을 적실 하늘 ……하늘의 빗줄기…… 서
늘한
서늘한 각성 끝에
흘러내리는 아래 자락을 더욱 단단히 여미고
넝쿨처럼 엉킨 우리의 여윈 팔뚝과
어깻죽지를 채찍질하는
피묻은 성의(聖衣)를 앞세워 다시 일어섰다
일어섰다.

면회

자칭 옥황상제요 때로는 대통령 오늘은 그러나 자칭 판
사인
그와 쇠창살을 마주하고 섰을 때 도리어
그는 내게 미치광이라는 선고를 내렸다
어머니가 해 주는 밥에도 국에도 독약이 들었을 거라며
곡기를 끊은 지 일주일, 결국
정신병원으로 다시 돌아온 그는 입에
허연 게거품을 물고 까맣게 때 낀 손톱으로
쇠창살을 붙안고 꺼이꺼이 울면서, 자기를
노동조합의 주모자로 몰아
찢긴 이마에 붉은 딱지를 붙여 쫓아낸 건
순 조작이라고, 사실은
그래서 단식을 한 것이며
이제 시골 고향집으로 보내 주면
어머니가 해 주는 밥도 꼬박꼬박 먹을 것이니 의사에게
잘 말해 달라고 애원하는 다소 순해진 그의 눈매엔
어느새 굵은 이슬이 비쳐 있었다 그러나
앵무새처럼 똑같은 말을 되풀이하는 그에게 지쳐
식은 땀 흐르는 면회실 문을 박차고 돌아선 내 등엔
잠시 옛 아우로 돌아온

그의 퀭한 눈길이
핏발 선 도끼눈을 뜬 광기의 세상을 질타하는
시퍼런 비수가 되어 날아와 꽂히고 있었다

님의 딸

연분홍 화장지로 우스꽝스럽게 접어 만든
큼지막한 장미 두 송이를 머리에 꽂고
다소곳이 예배당 앞자리에 나와 앉아
울먹이는 목소리로 절절히 기도하고
찬송 부르고
설교자의 말끝마다 아멘으로 화답하는 그녀는
누가 뭐래도 당당한 하느님의 딸이다
그런데
집에서는 천덕꾸러기요
동네에서는 악귀 들린 년 혹은 미친년으로 통한다
빈농에서 자라나 이웃 마을 빈농의 총각에게
시집간 지 이레만에 정신이상을 일으켜
새색시 품을 파고드는 신랑에게
갑자기 금침 밑에 감춰 둔 식칼을 꺼내 위협하고
시모 밥그릇에 몰래 똥을 누어 조반상에 올려놓아
시집살이 보름도 못 채우고 소박맞은 후
친정 오라비 그늘에 들어 애옥살이하면서
정신병원 근처에도 못 가 본 채
살얼음 잡힌 동네 개천에서 가끔씩 벌거벗고 목욕하다
난폭한 오라비 매질에라도 걸리면

푸른 멍 두드러기 돋아난 얼굴 부끄러워
치렁대는 긴 머리단으로 살포시 가리고
인적 드문 산모롱이를 돌아 예배당으로 오곤 하는데
오늘 따라 홍조 띤 얼굴에
큼지막한 장미 두 송이를 머리에 꽂고
다른 하느님의 아들딸들과 똑같이
또랑또랑한 음성으로 주기도문을 읊조리는 그녀는

지울 수 없는 부적

눈 뜨면 산안개에 묻힌 초록 골짜기,
백태 낀 해와 달의 눈망울 속에서 나는
공복의 아침을 맞는다

아침 안개는 새날의 유일한 위로다
그러나 끝없이 밀려드는 안개에 목 졸리는
관목 숲, 자세히 바라보면
오른팔 왼팔이 잘린 숲속의 나무들이
풍 들린 노인처럼 괴로움으로 몸을 뒤트는 것이 보이고
쥐코밥상 앞에 오두마니 앉아
소태 씹는 아침상을 물리고 나면
비로소 숲속엔 집 없는 새들이 날아들어
안개 속에 둥지를 틀기 시작한다

이 모든 게 환영일까 과연
가볍고 푸른 햇살이 둥실 산등성이 위로 떠오르면
산안개도, 안개 속으로 투신하듯 날아들던
새들의 날갯짓도 깨끗이 지워지고
아아, 꿈 없이 둥지를 틀던 괴로움의 몸짓만
내 가슴에 지울 수 없는 부적으로 남아——

숯이 된 천사들

청솔가지를 꺾어 들고 산불을 끄다
청솔 밭을 이글이글 누비는 불의 쇠갈퀴에 찍혀
숯이 된 어린 천사들,
죽음의 골짜기엔 불에 그을린
깜장 고무신 몇 짝만 남아 나뒹굴고 있다

골짜기 저편엔 아직도 검푸른 연기가 솟아오르고
산기슭 풀덤불 사이를 떼지어 날던
검은 굴뚝새들도
수수께끼처럼 산화해 버린 어린 영혼들을 따라
어디로 사라져 간 것인지,
붉은 황혼이 깔리기 시작하는 골짜기엔
새 한 마리 날지 않고
실성한 듯한 어미들의 허옇게 까뒤집힌 눈동자만
유혼(遊魂)처럼 떠다니고 있다

밤이 되어도 꺼지지 않고 노고산 능선에서 능선으로
번져 가는 불, 죽음의 불을 바라보며
야릇한 쾌감과
으스스한 한낮의 공포마저 되씹는

아, 그래도 살아남은 얼굴들은
진흙 가면 속에서 꼬물거려 온 구차한 생에 대해
문득 진저리를 친다

박제된 새들의 눈알처럼
죽은 빛을 뿌리는 별빛들 촘촘이 깔린 하늘 아래
깊어만 가는 벽지의 밤

늪

겨울산을 헤집으며 마른 버섯을 따다
미끌, 눈 덮인 산비알에서
새처럼 날아내렸다 날개 없는 그 육중한 몸
목뼈 등뼈가 으스러진
누이, 벅벅 밀어 버린 하얀 민대가리에
구멍을 뚫고 쇠뭉치를
달아매고 누웠다 혼수의 늪 같은
대학병원 중환자실
여러 대의 가습기에서 뿜어 대는
자욱한 안개 속에선
생사가 잘 분간되지 않는다 열두 시에 멎어 있는
벽시계, 도대체 자정인지 정오인지
요지부동의 그 긴 시간 사이로
간간히 새어 나오는 깊고 무거운 신음 소리……

　　　진흙 덩어리에 고통을 보태면 삶이요
　　　진흙 덩어리에서 고통을 빼면 죽음이니

그 악마 같은 쇠뭉치를 견디지 못해
자꾸만 누이의 몸은
늪 속으로 갈앉는다

율리우스 푸치크*

—진실한 삶에는 관객이 없다

횟집 도마 위에 퍼덕거리는 활어의 꼴이 된
나를 위로하기 위해
누구는 인생을 연극이라 말할는지 모르지만
이제 난 무대엔 서지 않으련다
갈채의 박수와 환호의 꽃다발에
파묻히는 주인공 역을 떠맡으라 해도
무대에는 오르지 않으련다
나비처럼 화사한 날개옷을 차려입은
천사로 분장하여
어느 순간 진짜 천사로 변신할 수 있다 해도
무대에 오르는 것은 사양하련다
언제나 연극에서는
양의 탈을 쓴 이리가 등장하는 것을 허용하고
한 손엔 성경을, 또 한 손엔
칼을 거머쥔 주인공이 등장하는 것을
용인하기 때문이다 그리고
그를 조종하는 연출자는 항상 따로 있기 때문이다
그가 오늘 마련해 준 마지막 무대

* 체코 태생의 작가이며 문학평론가인 율리우스는 나치에 저항하는 레
지스탕스에 가담하여 활동하다가 게슈타포에게 체포당하여 1943년 처
형되었다.

교수대에 오르며
비로소 난 그걸 깨달았다.

열쇠 장수

푹푹 찌는 삼복더위
북적대는 사람들 속을 떠밀려 가는
북창 시장 한복판
새까맣게 그을은 얼굴 납작한 콧잔등에
검은 색안경을 걸친
늙수그레한 사내
사내의 빛바랜 헐렁한 군복 상의에는
주렁주렁 크고 작은 자물쇠들이
잔뜩 매달려 있었다 원, 세상에
저렇게 많은 자물쇠를 걸어 채워 둔 집도 있을까
어쩌면 사내의 몸뚱아리는
온갖 금은보화를 품에 간직하고 있는
보석함일지도 모른다
는 엉뚱한 생각이 문득 뇌리를 스쳤지만
부서져 내리는 폐가의 거미줄처럼
출렁이는 이마의 주름살
노출된 몸의 열린 구멍마다 솟구치는 듯싶은
굵은 땀방울을 뚝뚝 흘리며
북적대는 사람들 속을
후들거리는 발걸음으로 떠밀려 가는

사내의 몸뚱아리는
흐물흐물 녹아 꺼져 내리는 아스팔트
천길 심연 속으로 가라앉고 있는 듯싶었다
온 세상의 그 무슨 열쇠로도 열 수 없는……

난지도, 혹은 서울

왕왕거리는 파리 떼 시커먼 구름처럼 몰켜 다니는
흐린 서울 하늘 밑,
이 섬에 오면 내 살과 뼈는 낱낱이 해체되고
이 산에 들면 내 밥과 꿈은 산산이 부서진다

썩어도 한줌 거름이 되지 못하는 삶 속에
썩은 것을 탐하는 미친 개떼들이 주둥이를 들이미는
흐린 서울 하늘 밑,
이 산에 오면 나는 문득 길을 잃은 산짐승이 되고
이 섬에 들면 나는 바닥 없는 심연으로 가라앉는 섬이
된다

등불

　손때 묻은 아버지의 구리거울을 말갛게 닦아 들여다보
고 있노라면, 칠흑 같은 밤길을 더듬으며 깜박이는 등불
을 켜 들고 마주 다가오시는 아버지의 영상이 황홀한 일
몰 뒤의 개밥바라기처럼 문득 나타났다 사라집니다 깨어
나고자 애써도 깨어나지 못하는 가위 눌린 꿈속의 일순처
럼 안타까움으로 아버지의 영상이 다시 나타나기를 기다
려 보지만, 거울 속엔 어두운 숲 속 올빼미의 두 눈알뿐
입니다.

　아버지, 차라리 저 퀭한 두 눈알을 뽑아 주세요 지울래
야 지울 수 없는 깊은 흉터처럼 제 속에 깃든 아버지의
등불을 켜 들고 어두운 숲 속 이 긴 유형의 동굴을 걸어
나갈 수 있도록!

허수아비

위대한 조물주인
인간은
자기의 형상을 따라
짚으로 허수아비를 만들어
새 떼를 쫓게 했으나

조물주의 실수로
자유의지를 갖게 된
허수아비는
바람을 다스리다
마침내
새가 되어 어디론가 날아가고

허수아비 섰던 자리에는
그의 형상을 따라
플라스틱으로 빚어진
눈·코·귀·입도 없는 인간이
두 팔을 휘저어
펄펄 종이새만 날리고 있다

서른 살의 가을

마침내 진흙 가면을 벗은

한 영혼을

그 넓은 품에 안은

푸른 사라수 숲 사방에 있던

사라쌍수*처럼

하얗게 하얗게 나를 말리우고

다시 태어나고 싶은

서른 살의 가을

* 沙羅雙樹. 석가가 열반에 들 때 그가 머물렀던 사라수 숲 사방에 한 쌍씩 있었다는 나무. 입멸한 뒤에 모두 하얗게 말라 버렸다 함.

유다

죽은 목숨으로
아직도 살아 꿈틀대는

그대는
목에 굵은 밧줄을 걸고도
이 능욕의 땅에서 죽지 못하는가

천년을 하루같이
벌건 피밭에 엎드려 우는
모순의 사내

에이허브*

거대한 말향고래가
피안개를 뿜으며 쓰러지는

이 예리한 죽음의 작살에
상처조차 입지 않는 하느님이라면

결단코 나는
무릎을 꿇지 않으리라

* 허먼 멜빌의 소설 『모비 딕(백경)』의 주인공.

욥

내 알몸뚱이에 그려진 이 고통과 죽음의 문신을
보라 돌을 들어 벅벅 문질러도
문질러도 지워지지 않는

환각 속에서도 그를 만난 적이 없고
환청으로도 그의 음성을 들은 적이 없지만

검은 노예의 잔등에
검붉게 찍힌 화인(火印)처럼
지울래야 지울 수 없는 이 유한성의 징표를 통해

나는 그의 얼굴을 똑똑히 보았다
잘 닦인 청동거울,
나는 그를 비추는 거울이니

나를 피하려 하지 말라

천둥소리

금세 함박눈이라도 쏟아 부을 듯 동해의 하늘을 쩍쩍
가르며 시퍼런 불빛과 뇌성을 토하는, 때 아닌 겨울 번
개, 천둥소리에 기대어, 탄원하듯 말씀하시는 하느님의 울
부짖음을 들었다

──제발, 저 인간의 사슬로부터 날 좀 풀어다오!

3

하늘로 뛰는 개구리

찰랑이는 논물 위에 뜬 수초들 사이를,
천방지축 진흙탕 늪 속을
허우적거리며 헤매던
올챙이 시절을 잊지 말라지만

(아, 난 싫어
그 시절의 거짓과 무지의 꼬리가
무슨 물귀신처럼
자꾸 나를 끌고 들어가는 건 싫어!)

이젠 뜰테다
작열하는 태양 아래
머리 터진 개구리가 될지라도
뜰테다
뛰어오를테다
우쭐우쭐 춤추는 풀잎 한 잎 물고
저 푸른 대명천지 속으로!

닭

붉은 벼슬을 설레설레 흔들며
가까스로 암탉의 등에 올라
눈 깜박할 새 짝짓기를 마치고 내려온 수탉이
(꼬옥, 꼭, 꼬 꼬 꼬 꼬⋯⋯)
그 은밀한 기쁨을 넌지시 일러 주었다

─너무 노골적이라 좀 뭣하지만
우린 이러구러, 관계 속에서 산다우!

넌 여직 그 알량한 껍질을 못 벗었구나

내 어릴 적
푸른 햇살 쨍쨍 퍼붓는 금산 밑 개골창에서
붕어 새끼 잡으며 놀다가
으악!
소스라치며 만난 해골바가지 하나

스무 해가 지난 오늘
물밑이 환히 들여다뵈는 시냇물에
두 발 담그고 섰는
이 깊고깊은 골짝까지 그림자처럼 따라와
살도 피도
찢어질 아구도 없는 그 큰 입 딱 벌려
외치고 있었다

넌 여직 그 알량한 껍질을 못 벗었구나!

어떤 방문

아무도 안 계신가요?

아무 대답이 없다 옆구리에 끼고 간 번쩍이는
금박 성경이 무색하다

휘휘한 마당을 돌아 나오려는데
흙 묻은 사람 발자국이 찍힌
툇마루 밑에서 야아옹──
새끼 고양이 한 마리가 걸어 나와 반긴다

아무도 없는 게 아니었구나!

식구들과 함께 들일을 나갔는지
텅 빈 외양간 옆
싸리나무로 엮어 만든 닭장 속에는
웬 인기척에 긴 목을 꼿꼿이 세운
닭들이 고개를 갸우뚱거리며 멀뚱하니 쳐다보고 있다
질퍽거리는 닭장 한구석엔
까만 털이 북실북실한 강아지 두 마리가
목덜미와 꼬리를 서로 물고 물리며

천진스레 장난질을 치고 있다
햐, 궁색한 살림이지만
의좋은 일가를 이루었구나!

잠시 나는 툇마루에 올라 앉아
이 어여쁜 축생(畜生)들을 위해 간절히 복을 빌고——

빈자의 꿈

초록빛이 완연한 밤나무 숲 속
딱딱…… 한 채의 살 만한 집을 짓느라
까막딱따구리 나무에 구멍 뚫는 소리 들으며
성인전(聖人傳)을 읽는다

찢겨 펄럭이는 누더기
빈자의 황홀한
꿈의 나눔을 위해
가슴에 활활 타오르는 빨간 숯불을
수레 가득 싣고 달리는
당나귀 형제 성 프란체스코의 아득한 삶을……

그러나 산비알에 매달린 괴목처럼
뒤틀리고 뒤틀린 내 삶으로
턱도 없는 흉내나 내고자 함이 아니라

딱딱…… 이 한 채의 집을 허물기 위해

참새

끝 간 데 없이 펼쳐진 황금벌은 너희들 차지
쓱 낫날에 베어진 벼 그루터기 사이 사이
흩어진 낟알도 너희들 차지
논배미 여기저기 짚북데기 모아 태우는
푸른 연기 구름기둥되어 솟구치는, 저 하늘도 너희들
차지
이 가을엔 아무도 덫을 놓지 않으리라
이 가을엔 아무도 총신 위로 차가운 눈알을 굴리며
콩알만 한 너희들의 심장을 겨누지 않으리라
이 가을엔 아무도 숯불에 구운
너희들의 빨간 살 한 점을 탐하지 않으리라 결코
길들일 수 없는 너희들의 날개, 하늘, 숲, 들판은
너희들만의 것이 아니기에

가을 산

짧은 숨 들여마시고 긴 숨 토해 놓듯 네 어깨 짓누르는 돌멩에 그만 내려 놓아, 내려 놓으라고 당신은 말씀하시지만 저절로 불붙어 타오르다 신성한 소멸에 바쳐진 가을 산에 들어서도, 구멍난 생의 호주머니에 주워 넣은 산열매 몇 알을 잃을까 조바심치며 저무는 산길을 더듬어 내려 왔습니다

이제 너와 나 인연 다했으니 헤어지자꾸나, 마지막 숨 토해 놓듯 말씀하시는 당신의 음성이 깊은 계곡 돌 틈과 돌 틈으로 돌돌거리며 흐르는 물소리되어 남루한 옷자락에 와 감겼지만 끝내 가는귀 먹은 척 뒤도 안 돌아보고 말았습니다

이내 당신마저 떠난 가을 산엔 시름없는 밤새들만 깃을 내렸습니다

겨울 골짜기

엊그제 내린 폭설로 더욱 깊어진 골짜기
해종일 인적 없는 눈밭을 뛰어다니던 개들도 잠든 밤
처마 끝 고드름 맺힌 눈썹차양에 날아와
납작 엎딘 박쥐처럼 실눈을 뜨고서
이 긴 밤을 밝히고 있는 너는
누구냐, 산중의 띳집처럼 고요한 방
가부좌 틀고 앉아 마른 억새 흔들리는 소리
들으며 견성(見性)을 탐하고 있는 너는
누구냐, 불임의 늙은 자궁처럼 캄캄하게 누워 있는
마을 위에 뜬 달빛 홀로
기울어져 가는 달빛이나 즐기는 너는

건너야 할 강물은 저리도 깊은데

건너야 할 강물 깊어져
자갈밭에 엎딘 누님의 영혼은 더욱 희어지고
항시 푸르른 측백나무 향나무 껍질처럼
매형의 억센 손 매듭엔
대를 이어 온 가난과 굴욕의 세월이,
그네들이 사랑으로 돌봐 온 아이들의 깨진 무르팍
지울 수 없는 흉터로
깊이깊이 아로 새겨져 있었네 흘러간
강 물살에 풀어 버린
몇 장 남은 흑백의 그리움
그리움의 물풀들 위로 가끔씩 돌출하는
쓰라린 삶의 궤적들
헤아려 보는 이 아무도 없지만
국민학교 소사로 봉직해 온 삼십 년
굴피 같은 주름으로 패인 그네들의 젖은 눈매엔
켜켜이 순결한 꿈과 사랑의 숨결 지닌 듯
우람히 자란 측백나무 향나무 그날 아래
초롱초롱 지혜와 키가 자라는 교정의 어린 것들
다만 그 어린 것들 대견스러워
너무도 빠른 정년 퇴직

쫓기듯 떠나야 하는 장년의 꺾어진 나이도
불안한 미래도 다 잊고 있는 것일까
아직은 꼿꼿한 매형의 허리춤을 돌아나가는
연민의 강바람 한자락
충치로 빠져 버린 붉은 잇몸 사이로 새어 나오는
누님의 허전한 웃음소리 한파람
푸른 숲 아이들의 교정에 남기고 떠나야 하는
작별의 시간은 다가오고
건너야 할 강물은 저리도 깊은데

억새 꽃

숨차게 오르는 어리목 고개
쓰러질 듯 다시 일어서며 하얗게 흔들리는
억새 꽃 바다, 흰 보라 꽃 물결 속을
숨찬 줄 모르고 오르고 있었다

소스라치게 놀라도록
푸드득, 오색 꽁지를 빛내며 날아오르는
장끼들의 비상
그 황홀한 날갯짓에 취해
물 위에 떠 있는 뇌옥(牢獄)이 땅의 한 끝에
가냘픈 목숨 부지하기 위해
유배자들
칼을 밟듯 넘나들던 고갯길이라는 것도
까맣게 잊고 있었다

한아름 가슴에 와 안기는
억새 꽃다발 헤치며
어리목 산마루에 올라섰을 때
문득 아흔아홉 구비 돌아온 한라산 골바람에
더욱 자지러지듯 온몸을 꺾는

저 하얀 목숨꽃들 흔들림이
무수히 억울하게 죽어간
섬의 유혼(遊魂)들 달래는
한 마당 씻김굿판 무녀들의
슬픔 춤사위로 변해 가고 있었다

가파도

휘파람새 몇 마리쯤 통째로 삼킨 듯
푸드득 푸드득 날아오르는 푸른 휘파람 뱉어 내며
물질하는 늙은 잠녀의 얼굴엔
시퍼런 파도 살점 같은 검버섯이 피어 있다
미끈거리는 갯 내음에 쩔은 잠수복
투명한 잠수경에
오리발을 신고
춤추는 오리발의 비애, 비애의 춤을
일순 파도 주름 위에 남기며
거듭거듭 자맥질하는 잠녀의 삶은
갯방풍의 뿌리보다 더 질긴
서러움의 돌무데기만 쌓아 온 뭍의 역사
헐고 또다시 헐어 내는
성난 해일의 그것일지도 모르겠다
아니, 그 옛날 폭동의 물결에 쓸려 간
아직도 젊은 남편의 비릿한 체취 풍기는 바다
거친 남성의 바다에 몸을 던지며
지근거리는 요통 두통의 골머리 수심 깊이 처박아
건져 올리는 전복 해삼 멍게 따위로
생존을 확인하는 잠녀의 삶은

푸른 휘파람새 울음소리로도 지울 수 없는
가혹한 꿈의 파도 헤이며
짙은 물안개 속
가물거리는 반도의 끝 한 점 가파도를
오늘도 떠오르게 하고 있다

병아리를 파묻으며

지난밤 쥐도 새도 모르게
쥐새끼에게 앞가슴 생살을 파먹혀 죽은
피 묻은 털가죽만 남은 병아리를 뒷뜰에 파묻으며
그래, 흙은 흙으로 돌아가는 거야
말해 버리고 돌아서니
여직 봉분 없는 무덤 주위를 배회하며 허둥거리던 삶이
간사하게도 고개를 높이 쳐들더라
삽날에 묻은 흙이 채 마르기도 전에

안개 속에 떠오른 뿔

짙은 골안개로
일출이 더뎌지는 가을 아침
파충처럼 좁은 숲길을 헤쳐 나선 개울가
대추나무 집 팽 노인이
일찍 내다 매 두었음직한
흑염소, 그 모습은 보이지 않고
울음소리만 들린다 한참을
두리번거리며 살펴보니
저만치 두 개의 뿔이 아른아른 떠오른다
(안개 속에 떠오른 뿔이라——)
본시 휑하니 뚫린 삶의 허망함을
눈치채지 못한 자의 눈에만 떠오르는
뿔——?

여름 휴양지에서

푸른 미루나무 그늘을 따라 시곗바늘처럼 뱅뱅 돌며
키 작은 쪼록싸리를 꺾어 깔고 앉아
고스톱으로 시간을 죽이던 벌거숭이들, 그것도
이젠 지겨워진 모양이다

흐르는 물속에 띄워 놓은 파라솔 속으로 뛰어들어
아예 돌을 베개 삼아 벌렁 누워
여기가 열반이지 열반이 따로 있나, 제법
느긋한 사념을 즐기는 듯한 패도 있고
더러는 유년 시절에 익힌 서툰 헤엄 솜씨로
귀여운 송장헤엄치개처럼 물 위에 누워 허우적거리거나
까맣게 등비늘이 반짝이는 물땅땅이들이 되어
텀벙거리기도 했다

그러나 어느새
서산의 긴 그림자가 강안에 드리워지는 해거름녘
하얀 모래톱에 나와 앉아
제 짝을 등에 업은 까만 물잠자리의 낮은 비행과
물면 위에 떠 흐르는
고운 줄무늬의 새털구름을 넘나간 듯 바라보며

새털구름을 밟고 내리는 짙은 황혼 속에
영원히 잠들어 버리고 싶다는 상념에 문득 젖어 보기도
하지만

이젠 떠나야 할 시간
고스톱도 열반도,
돌베개, 새털구름도 저무는 강펄에 남겨 두고
텐트를 걷어 짐을 꾸리다 먼 발치에서 본
핏물과 모래알이 뒤범벅된 썩은 물고기를 끌고 가느라
바둥거리던 한떼의 일개미들처럼
다시 일터를 향해, 뿔뿔이,
어둑어둑 땅거미가 지는 둑길을 차며 떠나야 하는

유년의 새

때 아닌 진눈깨비가 검은 창유리를 때리던 초겨울 밤
휘청거리는 사다리를 타고 올라간 아버지는 처마 끝 썩은
새 둥지 속에 잠든 참새 한 마리를 슬쩍 움켜 오셨다. 곪
기 시작한 상처는 빨리 곪게 하여 터뜨려야 한다…… 굴
피처럼 거친 아버지의 손을 풀면 금세 푸드득 날아가 버
릴 산 새의 뱃가죽에 칼집을 내고 핏방울이 뚝뚝 흘러내
리는 새의 뱃속에 쿡쿡 쑤셔 오는 내 엄지손가락을 밀어
넣고는 어머니가 건네주는 낡은 여름 내의를 찢어 이미
죽은 참새의 몸통 째 엄지를 챙챙 감아 매시며 예리한 면
도칼로 퍼런 턱수염을 깎을 때의 표정으로 아버지는 단호
히 말씀하셨다. 어린 네 가슴에 참을 인 자가 깊이 아로
새겨지는 밤이로구나…… 내일 아침이면 다 나을테니 꾹
참고 자거라…… 손가락 끝에 매달려 차마 눈 감았을까
싶은 가여운 참새를 생각하며 눈을 감고 잠을 청했지만
어두운 처마 끝 빈 둥지의 허전함이 밀려오고 뜨끈뜨끈한
새의 몸통에서 엄지로 전해져 오는 열은 밤새 내 온몸을
펄펄 끓게 했다. 새벽녘 설핏 잠든 얕은 꿈속에 내 엄지
의 피고름을 날개에 묻힌 참새가 무거운 날개를 퍼덕이며
어디론가 사라지고 나는 날아간 새를 잡아 달라고 마구
아버지를 부르고…… 그해 겨울이 지나 생인손 앓던 엄지

에 연분홍빛 새 손톱이 다 자라 나올 무렵 나의 유년도
끝나 가고 있었다.

빈 들의 체험과 고통의 서정

성민엽

　내가 고진하의 시를 처음 읽은 것은 대략 1985~6년경이었던 듯싶다. 감리교신학대학을 나와 잡지 《기독교사상》의 편집 일을 하던 그를 만난 것은 그 잡지의 문화시평을 청탁 받으면서였는데, 그의 우울하면서도 신선한 분위기, 그리고 그의 진보적이면서 세련된 기독교적 사유에 나는 적잖은 매력을 느꼈었다. 그러나 당시 그가 건네준 그의 시고들은 시적 육화를 이루지 못한 생경한 언어가 승했고 무엇보다도 그의 삶이 깊이 있게 실리지 못한 것들이었다. 그로부터 2년 뒤 그는 계간 《세계의 문학》을 통해 등단했고, 등단 이후 자못 주목할 만한 작품 활동을 펼쳤다. 그것은 문자 그대로 괄목상대였다. 그의 시는 차분하면서 힘 있는 언어로 짜여지고 있었고, 그의 시업의 출발이 늦어진 대신 그만큼 삶에 대한 두터운 질감의 통찰이 돋보였다. 이는 그의 삶과 관계될 것이라고 나는 생각한다. 정치적인 이유로 《기독교사상》이 정간되면서 편집 일을 그만둔 그는 1987년 들어 강원도 홍천의 한 깊은 골짜기로 들어가 전도사로서 목회 활동을 하기 시작한바, 지금까지 계속되고 있는 그 생활이 그의 시에 육체를 이루어 준 것이다. 그 생활을 그의 시와 관련하여 나는 빈 들의 체험이라고 명명하고 싶다.

고진하의 빈 들의 체험은 우선 사회적 체험이다. 그때 그 빈 들은 한국 농촌의 소외라는 사회적 보편성을 갖는 것이 된다. 그 체험은 이 시대의 많은 시인들에게서 두루 나타나는 바의 그것과 크게 다르지 않다. 그러나 고진하의 빈 들의 체험은 사회적 체험일 뿐만 아니라 실존적 체험이며 종교적 체험이기도 한데, 여기서 고진하의 개성 내지 독자성이 빚어진다. 그 점은 우선 빈 들이라는 말의 뉘앙스에서부터 암시된다. 고진하의 빈 들은 구체적으로 말하면 강원도 홍천의 한 깊은 골짜기다. 빈 들이라는 말이 자연스럽게 연상시키는 것은 평야 지대의 넓은 들판이지만, 실제로 고진하의 빈 들은 골짜기 속의 넓지 않은 들인 것이다. 뉘앙스의 차이에도 불구하고 고진하가 굳이 빈 들이라는 어사를 사용하는 것은 고진하의 빈 들 체험이 사회적 체험일 뿐만 아니라 실존적 체험이며 종교적 체험이기도 하다는 데에서 연유한다. 그때의 빈 들은 실존적 풍경이며 종교적 풍경인 것이다.

시집의 첫머리에 실린 「빈 들」이라는 제목의 시편을 읽어 보자.

　늦가을 바람에

　마른 수숫대만 서걱이는 빈 들입니다

　희망이 없는 빈 들입니다

　사람이 없는 빈 들입니다

　내일이 없는 빈 들입니다

　아니, 그런데

　당신은 누구입니까

　아무도 들려 하지 않는 빈 들

　빈 들을 가득 채우고 있는 당신은
──「빈 들」전문

　희망이 없고 사람이 없고 내일이 없는 빈 들은 소외된
농촌이면서 실존적 황폐상이자 종교적 타락상이기도 하
다. 그 빈 들을 가득 채우는 당신은 그러니까 소외의 극

복태이거나(이 경우는 그 의미가 미약하지만), 실존적 충일이거나, 종교적 구원이다. 이처럼 복합적 해석이 가능한 데에, 더 정확히 말하면 의미의 중층화가 이루어지는 데에 고진하의 시적 공간의 특성이 있다. 그런데 위 인용시같이 "당신"에 대한 동경과 열망이 긍정적 형태로 나타나는 경우는 고진하에게서 드물게 발견된다. 다수의 시편들은 "당신"의 부재·소외·황폐·타락, 그리고 그 속에서의 고통을 그리고 있다. 고진하의 시를 고통의 서정이라고 부르는 이유다.

고진하의 빈 들―골짜기는 우선 이농 현상이 극심한, 버려진 농촌이다. 젊은이들은 거개가 도시로 떠나 버리고 늙은이들과 아이들만 남아 있는데, 남은 사람들도 너나없이 다들 떠나고 싶어하고 또 하나씩 둘씩 계속 떠난다. 모두들 "마음으론 하루에도 열두 번씩 짐을 꾸렸"고, 떠나는 사람에게 남은 사람들은 "가면, 이제 다시 오지 말그라! 야속한 말이다만……"이라고 말한다(36쪽). 그리하여 빈 들―골짜기는 갈수록 더, "뿌리 뽑힌 사람들 남루한 껍질만 남기고 떠나 버린 골짜기"(35쪽)가 되어 간다. 왜 떠나는가 하면, 뿌리를 뽑혔기 때문이다. 사회적 문맥으로 설명될 그 뿌리 뽑힘을 고진하는 "불임"으로 파악한다.

1) 불임의 곡신들 숨죽여 우는
   휘휘한 빈집으로   (20쪽)

2) 불임의 늙은 자궁처럼 캄캄하게 누워 있는
   마을   (85쪽)

불임이란 곧 생산성의 상실이다. 그것은 한편으로는 노동의 문제다. 이곳에서의 노동은 수고로움일 뿐, 생산의 기쁨은 상실되어 버렸다. 「연자매」(16~17쪽) 같은 시는 그 수고로움을 극명하게 그리고 있거니와 그 수고로운 노동의 결과는 "텅 빈 뱃속까지 파고드는 이 허망"(20쪽)일 뿐이고 "푸르뎅뎅 살 맞은 과녁판처럼 터진 온몸의 상처"(30쪽)일 뿐이다. 슬픔과 고통과 죽음일 뿐인 것이다. 다른 한편으로 그것은 농촌의 자기 재생산의 문제다. 이농은 심해지고 농촌은 점점 더 자기 재생산의 능력을 잃어간다. 도처에 등장하는 "빈집"은 그 불임의 표상이다. 그 빈집은 온통 "부서지고, 깨어지고, 녹슬고, 바스라져" 버린 "폐가"다(38쪽).

이 버려진 농촌에서 시인은 그러나 "식객"일 뿐이고 그 점 시인 자신이 잘 알고 있다.

　　찰랑찰랑 흐르는 물에 물땅땅이처럼 눕기만 하면
　　곡신일가(谷神一家)의 식객은 될 수 있었지만
　　허허로운 빈집의 삐걱이는 들창,
　　마른 번개와 함께 우르르 무너져 내리는 하늘을 지켜보는
　　형형히 불타는 눈동자는 될 수
　　없었다   (32쪽)

시인은 기껏해야 금박 성경을 옆구리에 끼고, 들일을 나간 빈집을 찾아가, 사람 대신 닭이며 강아지 같은 "어여쁜 축생(畜生)들"을 위해 기도를 해 주고 돌아오는(80~81쪽), 이 마을의 전도사일 뿐인 것이다. 빈 들의 슬픔과 고통, 죽음을 그는 자기 자신의 일로 아파하지는 못한다. 거기에는 일정한 거리가 있고 그 거리만큼 그는 관찰자이다. 때로 빈 들 사람들의 목소리로 이야기하기도 하지만 이 극적 독백의 형태는 그 거리를 넘어선 것은 못된다. 아마도 그 거리가 고진하의 시의 서사성을 지적케 하는 요소가 될 것이다.

그런데 바로 이 대목에서 고진하는 자기 세계로의 실마리를 풀어 나간다. 빈 들의 슬픔과 고통, 죽음을 관찰함과 동시에 그는 자신에 대한 성찰과 관조를 행한다. 그것을 시인 자신은 견성(見性)이라고 일컫고 있거니와(85쪽), 불면의 밤의 그 견성은 곧 실존적 사유이며 종교적 사유에 다름아니다. 그 사유로부터 시인은 빈 들의 슬픔·고통·죽음과 시인 자신의 고뇌를 포괄하는 보다 보편적인 빈 들을 발견하고, 그것에 의해 빈 들과 그 관찰자를 다 함께 감싸 안는 것이다. 여기에서 실존적 지평과 종교적 지평이 열린다.

실존적 지평에서의 빈 들은 바로 실존적 정황의 표상이 되는데, 그 역시 불임으로 파악된다. 그런데 여기서의 불임은 선험적으로 주어진 실존적 조건이므로 생산성의 회

복이라는 전망은 애당초 가능하지가 않다. 고진하는 일상인에 의해 외면되고 회피되는 그 실존적 조건에 정면으로 부딪쳐 간다. 그 부딪쳐 감에서 존재의 심연에 도사리고 있는 유한성과 허망이 통렬하게 드러난다.

1) 아, 그래도 살아남은 얼굴들은
   진흙 가면 속에서 꼬물거려 온 구차한 생에 대해
   문득 진저리를 친다   (61쪽)

2) 진흙 덩어리에 고통을 보태면 삶이요
   진흙 덩어리에서 고통을 빼면 죽음이니   (62쪽)

3) 검은 노예의 잔등에
   검붉게 찍힌 화인(火印)처럼
   지울래야 지울 수 없는 이 유한성의 징표를 통해

   나는 그의 얼굴을 똑똑히 보았다
   잘 닦인 청동거울,
   나는 그를 비추는 거울이니

   나를 피하려 하지 말라   (73쪽)

4) 본시 휑하니 뚫린 삶의 허망함을
   눈치채지 못한 자의 눈에만 떠오르는

뿔——? (93쪽)

이 통렬한 드러냄에서 우리는 두 가지 길이 열릴 듯한 징후를 감지할 수 있다. 하나는 도저한 허무주의에의 길이다. 1), 2)가 그 징후를 보여 준다. 다른 하나는 존재의 심연에 정면으로 맞서는 순간에 획득되는 실존적 충일이라는 역설에의 길이다. 3), 4)가 그 징후를 보여 준다. 그러나 고진하는 그 어느 길로도 나아가지 않는다. 오히려 그가 가는 길은 빈 들을 견디어 내는 고통의 길이다.

아들아, 여기가 네가 견뎌야 할 빈 들이란다……
서서히 사그라드는 숯불을 머리에 인 외딴 마을을 지나며
문득 피할 수 없는 고통의 불덩이 하나가
시뻘건 부적처럼 내 가슴에 옮겨 와 붙는다 (41쪽)

그 길의 선택과 더불어 고진하의 실존적 지평이 겹쳐진다. 그가 기독교의 전도사이니만큼 그 종교적 지평이 기독교적인 것이라는 점은 자연스럽다. 그렇기 때문에 불교적 인식이 나타나는 적잖은 대목들, 혹은 달리 말하면 어느 정도의 통-종교적 성격이 오히려 약간 의외롭다는 느낌을 주기도 한다.

고진하의 기독교적 인식은 신의 죽음 혹은 신의 부재라는 명제 위에 세워진다. 신의 죽음·부재에 대해 맹목인 채의 기복이나 거짓 구원 추구에 대해 고진하는 분노의

어조로 질타한다. 이런 말이 적절할지 모르겠으나 기독교 시라는 범주를 상정한다면 아마도 한국 기독교 시의 탁월한 작품으로 기록될 수 있을 「얼룩무늬 상처가 꽃피는 길을」(52쪽)을 보라. 고진하는 "눈부신 기적이 판치는 이 붉덩물을 피라미처럼 거슬러, 오 그대를 거슬러, 나의 길을, 얼룩무늬 상처가 꽃피는 길을" 가고자 한다. 그 얼룩무늬 상처가 꽃피는 길은 고통의 길이다. 신이 부재하는 시대에 신을 추구한다는 것이 어찌 고통스럽지 않을 수 있겠는가.

신이 부재하는 시대의 빈 들에 대한 고통스러운 묘사로 이루어진 「지금 남은 자들의 골짜기엔」(18~19쪽)은 고진하의 종교적 빈 들 체험이 어떻게 사회적·실존적 빈 들 체험을 감싸안으며 우리의 삶에 대한 통찰의 두께를 더해 주는지를 잘 보여 주는, 그런 의미에서 이 시집을 대표하는 작품이다. 이를 두고 사회적 모순과 갈등을 종교적 인식에 의해 수렴, 해소시키는 게 아니냐고 비난하는 것은 여기서 그다지 적절하지 못해 보인다.

오히려 이미 한국인의 삶에 있어서 하나의 지배적 인자로 편성되어 버린 기독교적 인식이 어떻게 진정한 것으로 되면서 사회적 기여를 할 수 있을지를, 그리고 삶에 대한 통찰이 어떻게 사회성·실존성·종교성을 두루 포괄하는 보다 보편적인 지평으로 끌어올려질 수 있을지를 우리는 암시 받는 것이다. 고진하의 고통의 서정이 섣부른 해소나 화해의 유혹을 이겨 내고 보다 더 치열해지고 깊어지

기를 바란다. 그의 시가 서 있는 자리는 한국의 문학과
문화에 있어 대단히 중요한 자리다.

(필자 : 문학평론가)

고진하

강원도 영월에서 태어나 감리교신학대학 및 동대학원을 졸업했다.
1987년 《세계의 문학》으로 등단했으며, 1997년 김달진 문학상을 수상했다.
시집으로 『프란체스코의 새들』, 『우주 배꼽』, 『얼음수도원』, 『수탉』이 있다.
현재 숭실대 문예창작과 겸임교수로 재직 중이다.

지금 남은 자들의 골짜기엔

1판 1쇄 펴냄 1990년 4월 30일
1판 2쇄 펴냄 1992년 6월 20일
개정판 1쇄 찍음 2007년 4월 16일
개정판 1쇄 펴냄 2007년 4월 20일

지은이 고진하
편집인 장은수
발행인 박근섭
펴낸곳 (주) 민음사

출판등록 1966. 5. 19. 제16-490호
서울시 강남구 신사동 506번지 강남출판문화센터 5층 (우)135-887
대표전화 515-2000 / 팩시밀리 515-2007
www.minumsa.com

값 7,000원

ISBN 978-89-374-0512-9 03810